存在与不存在

都是灵魂

你的识

在这统一的大灵魂里面

比如,这宇宙只是一颗脑袋

梅國雲寫海
癸卯三月

海。

人经过锻造之后。

老天决口。

人类的年碑。

大象无形,佛法无边。

枫桥夜泊。

听雨。

我知道灵魂的来去

梅国云 ◎ 著

海南出版社
·海口·

东方出版社

图书在版编目（CIP）数据

我知道灵魂的来去 / 梅国云著. -- 海口：海南出版社，2024. 12. -- ISBN 978-7-5730-2037-6

Ⅰ. I227

中国国家版本馆 CIP 数据核字第 2024WQ9842 号

我知道灵魂的来去
WO ZHIDAO LINGHUN DE LAIQU

作 者：	梅国云
策 划 人：	彭明哲
责任编辑：	刘长娥
执行编辑：	王桢吉
封面设计：	任 佳
责任印制：	郄亚喃
印刷装订：	三河市中晟雅豪印务有限公司
读者服务：	张西贝佳
出版发行：	海南出版社
总社地址：	海口市金盘开发区建设三横路 2 号
邮 编：	570216
北京地址：	北京市朝阳区黄厂路 3 号院 7 号楼 101 室
电 话：	0898-66812392　　010-87336670
电子邮箱：	hnbook@263.net
经 销：	全国新华书店
版 次：	2024 年 12 月第 1 版
印 次：	2024 年 12 月第 1 次印刷
开 本：	880 mm × 1 230 mm　　1/32
印 张：	6.75
字 数：	90 千字
书 号：	ISBN 978-7-5730-2037-6
定 价：	68.00 元

【版权所有，请勿翻印、转载，违者必究】
如有缺页、破损、倒装等印装质量问题，请寄回本社更换。

有我无我的世界

无可奈何花去也，匆匆又是一年冬。

年初许下的"有备而来"，不曾想却是一地鸡毛，徒生出惆怅与酸楚。在这无常的世界，前行困厄重重，市场变化难测，好在岁末遇见了梅君新诗的问候，"你，还在吗"，轻柔而温暖，有如看见清亮之曙光。是的，我在焉。

还记得昨岁之早春，残冰伴着新泥，梅君诗集《窥一眼虚空的未知》出版，带着希望的憧憬，吟诵着春之序章。少功先生说：这集就是分行的十万个为什么，十万个想不清，十万个困惑不已和想入非非。才一年有半，梅君之梦之思，似乎有了答案与回响。《我知道灵魂的来去》，新诗集又将付梓了。吾在空空悲怀之时，又燃起了新的希望。

梅君之奇思奇想，妥妥地安放到了实处。"山果熟，水花香。"我为梅君贺。

大抵诗人者，心有戚戚焉，好学而深思，忧世而悯天，关爱一切，怀疑一切，固当如是也。

红尘滚滚，众生悲苦，大千世界，谁主沉浮，诗人总是要去关照的。

子曰："兴于诗"，或兴感于人性与性情，或兴感于时世与生命，兴之所至，而不能自已。

或曰这人间世，吾们皆是独行者。宇宙这座无垠之迷宫，星辰与黑洞并存。时间又恰如逝去之水，不曾为我停留。生死一如昼夜，只在眼开眼合之间，人生真是如梦幻泡影。吾们千万倍之努力，千万倍之付出，好不易登上山巅，佛已坐在那里，只说一句"诸相皆空"，就已了结。

呜呼，知我者谓我心忧，不知我者谓我何求。

梅君新诗之努力，皆在为我们寻求良药，慰藉苍生。

人生终究有来去，天地终究有始终。

"我是谁，当我知道，我们都是发问者时，我竟是全人类共同的谁。"

是集也，在宇宙、时空、生死、虚无、释道、玄学、力学、科技、历史、未来交错之轨道上穿梭，徘徊，叩问，探寻，也许下最美好之愿望。诚然，靠一部诗集去解决所有问题是不现实的，但诗却如暮鼓晨钟，敲醒吾们之内心，在这纷杂的世界里，守住吾们之本心。

"存在与不存在，都是灵魂，你的识，在这统一的大灵魂里面。"

诗人的每一个思考，生成的都是一帧帧影像。

或笛卡尔的"我思故我在"，或弘一大师的"悲欣交集"，而诗人的真身是出入自由的，人世的悲悯与虚空，是可以通向彼岸天堂。

我们的灵魂，一直在你的怀抱，未来也会在你怀抱里死去，人生将不再是过眼云烟。

……

无一意一事不可入诗。

诗之余，梅君配合 31 幅字相艺术作品。诗为舟，字相为桨。字相与诗歌相互辉映，宛如相应之灵魂舞者，互相发现，互相辅成，诠释着相同的关切。

字相艺术又以一种直观而抽象之形象，扩展着诗行的维度与空间，诗人将思想与情感化为点划之密码，俟期读者新的诠释与感悟。

孟子有言，颂其诗，读其书，不知其人，可乎？

若知梅君，途径或可有三，一曰家乡，一曰军旅生涯，一曰善饮者。

我去过梅君家乡，兴化水乡秀丽，人文蔚鼎，是学术渊薮，人物辈出之地。梁任公《近代学风之地理的分布》有言："环境对于'当时此地'之支配力，其伟大乃不可思议。"信哉，一方水土养一方人。名家遗泽，流韵无穷。兴化山水，自有独特的韵味。兴化之于梅君，是坚实之依托，心灵之归途，亦是他灵动的诗魂。

梅君曾投身军旅，经军旅之淬炼，大有坚毅之性，雄浑之概。军旅生涯，自有一副波澜壮阔之画卷，绘满热血、忠诚、牺牲与荣耀，诗篇虽笔底温柔，而气度轩昂，慷慨悲雄，诗中自有军人之模样。

梅君好酒亦善饮，是酒中君子。

酒是开启诗门之密钥，我与梅君相识于酒，相知于酒。北京、海口、兴化、长沙，何时何地，诗酒相伴。酒入豪肠，激情澎湃，思绪万千，诗落笔端，性灵洒脱，意境纵横，大有裂破古今，横行天下之概。

刘熙载《艺概》有言："文所不能言之意，诗或能言之。大抵文善醒，诗善醉，醉中语亦有醒时道不到者。盖其天机之发，不可思议也。"不正是梅诗之注脚。

人言多饮伤身，亦是我与梅君之约，少喝为佳，半斤为量，然酒一入怀，便早早入了化境。千杯一醉，今夜无眠。

"劝君更尽一杯酒，与尔同销万古愁。"

因家乡而有情深与诗兴，因军旅而有雄浑而豪迈，因美酒而有洒脱与不羁，守着宁静与纯粹，用诗篇赞颂自然与生命。

"不是逢人苦誉君，亦狂亦侠亦温文。"

梅君不是孤勇者，我们一路同行。走过暗巷，对峙绝望，"诵明月之诗，歌窈窕之章。"携酒之精魂，面朝大海，倾吐块垒，寄意玄虚。

我是谁，我就是我。有我是我，无我亦是我。

佛说："一切众生同一佛性"，孟子亦云："万物皆备于我。"

这就是有我无我的世界。

二〇二四年十二月八日 明哲谨识于共学社

目录

一识 · 01

二识 · 37

三识 · 59

四识 · 91

五识 · 125

六识 · 173

七识 · 193

我是谁

我是谁

当我知道

我们都是发问者时

"谁"竟是全人类共同的谁

它只是化身在了

全人类的每个人身上

其实我正是"谁"

亿万年后

如果还有人发问

说明我还在

我的醒

我的醒

常因为梦里被敲门

那天我睡得很深

终于梦里可以起来看究竟

奇怪的是走廊里

空无一人

他到底是谁

受了谁的指令

把我叫醒

我的"我"

每当我问"我"是谁的时候
"我"都会反问我
是谁叫你问"我"的

"我"在我的世界里
我对"我"却很陌生
而我又在谁的世界里面

我能想到的最高级的元宇宙，应该是未来科技建立的，在那个世界，纵使斯人已逝，也仍然可以在活人的眼前行走。

有着动物欲望的我的后面

有着动物欲望的我的后面

还有好多个我在注视着我

甚至在控制着我

比如，有个我在指挥着我学习

有个我在教我控制情绪

有个我在指导我处理人际关系

……

我肯定是一个很大的系统

有时可能是好几个我在我的后面并列站着

不分前后地同时指挥着前面的我

有时可能就像俄罗斯套娃一样

一个我的后面跟着一个又一个我

层层下达着指令

有一点是肯定的

当后面的我由不得前面的我时

前面的我就会越来越理性

而当前面的我由不得后面的我时

前面的我就会惹越来越多的麻烦

最终，不管前面的我的肉体是多么健康

后面那个终极的我

一定会指挥前面的我离开这个世界

灯火出现之前

灯火出现之前

便有燃烧的原理

而原理并不因点亮而欢喜

亦不因成为灰烬而悲催

我们的感知就如燃烧的热和亮

之所以始终恐惧熄灭

就因为不知道那可恶的感知

正源于某个原理

密钥

宇宙是一把无解的锁

密钥被造物主藏在了人的心灵

可造物主又把人心灵的密钥藏在了何处

我永远无法证明你的存在

我永远无法证明你的存在

但我总能感觉到你就在身边

就如地球诞生前

你说的那样

人类将会降临

你,还在吗?

我经常在夜晚长久地盯着星与星之间的缝隙处

我经常在夜晚长久地盯着星与星之间的缝隙处
只要你目不转睛,慢慢地就会从那黑暗里
泛出一粒十分微弱的光
但只是眨了一下眼睛
那粒光就不见了

它出现得莫名其妙
也消失得莫名其妙
正如我们身边的某些人和事

我们想象人都是透明的

我们想象人都是透明的
从古到今一个个贴在
时间的墙前观察

宇宙的活力就是体内不安的因素
生命的意志就像不可逆转的风一样
从每个个体身上呼啸而去
无论你如何念念有词祈愿永生
这风也不可能有片刻停留

我们的荣耀就是来到这个世界
曾感受过从身体里面穿过去的呼啸
像水滴成就波澜壮阔的海洋

人的能量图景。

灵魂与躯壳

我必须六点起床

其实我很讨厌闹钟滴滴答答的粗暴叫声

当我从我的躯壳里面钻出来的时候

又一次对躯壳表示无奈

我每天只睡五六个小时

白天晚上辛辛苦苦

说到底还是为了供养好我的躯壳

并请它为我获得不可告人的一点荣光

它非常理解也很是体贴

夜里我们融为一体的时候

它会把我照顾得很好

我想,不仅我讨厌这烦人的闹钟

它肯定也一样

我是一个习惯于计划并要求它做一个

无条件圆满执行计划的人

就在它打理口腔卫生时

我已经出发去为它打前站

六点四十分它必须到美祥路 20 号吃一碗海鲜汤粉

七点半钟必须到红城湖路 18 号楼参加一个会议

十分钟的发言稿我昨天就已经准备好并装在它的程序里

九点二十分我会指引它下楼乘车去美兰机场

北京的大街小巷我早已来来回回地熟悉了好几遍

还好,下午它到了以后很是完美地执行了我的计划

晚上 11 点当它风尘仆仆地来到北京大酒店时

我已经到了沈阳

……

除夕忘了关闹钟

初一一早我坐在床上很自然地就计划了全年的计划

天南海北地踩点跑了很多很多地方

想想这风风雨雨几十年了

它每天都在追赶着我一定很累

忽然感觉有点对不住它

便默默地对它说

今年龙行天下

明年开始咱们就做一个踩西瓜皮的人吧

我瞪大眼睛看了"我"很久

我问医生屏幕里是啥
他说,那是你正在思维的脑回路

看起来有些乱七八糟的平面图像
里面正运行着我此刻的想法
我却没办法跟那里面的"我"作一次交流
我瞪大眼睛看了"我"很久

假如里面的"我"也可以有眼睛
看正在看"我"的我
"我"会诧异什么

这世界不是什么物质都长眼睛的
但可能一直都在思考

假如上师不留一手

我想，你每教会我一个事
其实就是把你的关于这个事的灵魂复制后
粘贴在我的脑子里变成我的灵魂
我们看山看水看世间万物不就是把老天的灵魂
复制后粘贴在自己的脑子里

据说上师把心法传给弟子后就可以心心相印
我想这应该是上师把自己灵魂数据库里的东西
包括感知和分析这样的高级软件
都复制安装给了弟子
假如上师不留一手
是不是彼此有什么想法谁都瞒不了谁了
而那些呼风唤雨、可以预测未知的人
难道是破译了老天爷的数据库密码

致命问题

人的致命问题在于自己的小聪明
造物主造一个碗状的脑壳
赐分一点观念的羹
就起了没有感知
哪有世界的疑心

如果绝对理念是造物的幕后推手
意识为什么必须依赖大脑
所以,我们何必纠缠
在我们没有来到这个世界前
世界和我究竟谁不存在

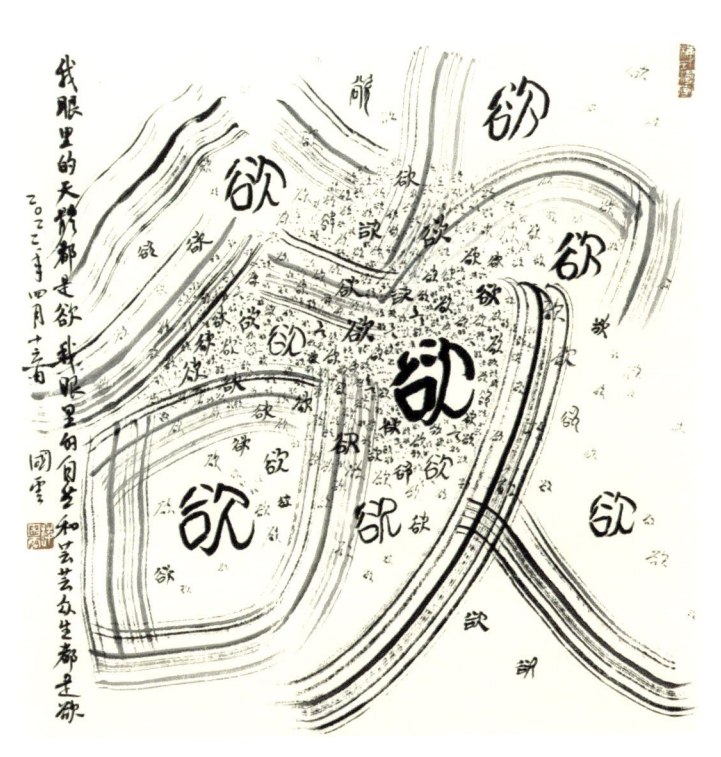

我眼里的天体都是欲,我眼里的世界都是欲。

肉眼看不见的思维

人类移山填海上天入地的行为

无不产生于大脑的动念

这肉眼看不见的思维

是如何像箭矢被弓手发射

人类忙忙碌碌地折腾

把物体堆积了破坏、破坏了堆积

为什么每个人都如被弓手控制的木偶

站在弓手后面的是谁呢

你是如何给弓手派生了愿力

驱使人类毫无意义地循环着创造与毁灭

谁可以指挥站在弓手后面的那谁

要么修改愿力,要么收回成命

飞奔的自然

那年认识一位

哈萨克族牧民朋友

他一路上说的话

翻译过来居然那么富有神性

翻译介绍,这位朋友基本上不懂讲

城里通用的公共语言

他的言语多是比喻和象征

走进草原才恍然大悟

在那地广人稀的边陲

因为常年跟羊跟白云跟

花花草草聊天

不知不觉他们就和自然

融成了一体,活成了神仙

那位哈萨克朋友笑谈

在万物机械制造的城市

人早已活成了僵硬的机器

没有万物生长的诗意生活

你们是如何忍受了

生活的枯燥无奇

我一时无语

他是草原上的阿肯

脸上始终洋溢着无拘无束的光芒

即兴编的一段弹唱

把自然界诸神

一个个请到唱词里

祝我平安吉祥

我就看到鸟儿欢鸣

羊儿眼睛闪亮

阳光跳出云朵

大地上花草鲜艳

他忘情地载歌载舞

感染了周边的一切

离别后,他策马扬鞭追赶着我们的车子

表达着念念不舍的最高礼节

此时,在我眼里

他就是飞奔的自然

飞奔的想象

汉字"余",代表了人类发展简史,无论是文化、科技还是物质,都是余后的繁荣。

一张白纸

一张白纸

可以根据画者的构思

画出各种各样的人

多么直白的逻辑

如一个新生儿的遭遇

方言、土菜、风俗习惯……

就是涂抹过来的

五颜六色的油彩

何必为我们的前世

做无用的探究

谁见过拍卖场上

有几个买家为承载了画作的纸

讨价还价

如果把自己发明的颜料

变成独树一帜的色彩

把自己独特的画风

变成争相追随的时尚

这张白纸的命运

就会与所有白纸区别开来

灵魂是虹

灵魂是虹

每个人都流光溢彩

星辉沸腾的银河

如体育馆里人潮的涌动

人哪里有与生俱来的魂灵

人哪里有与生俱来的魂灵
如果有,为什么不是一出生
就能叫出父母的名字
为什么从小跟狼生活在一起
就变成了狼孩

其实,天地间的万事万物都是我们的魂灵
我们的肉体只是魂灵的
感知器储存器分析器而已

我们环顾四周,魂灵无处不在
只要被我们的眼耳鼻舌身意感知到了
就会附在我们的肉身上成为我们的魂灵
当你读了一个陌生国家的历史
它便成了你魂灵的一部分
当你融入了一个陌生的社群
彼此的魂灵里就增加了一个新鲜印象

哪怕是一块完全没有意识的石头

一旦进入我们的眼帘或绊了我们一脚

它就会在我们的体内活灵活现起来

我想，所谓万物有灵

其中的一个解释应该就是这个意思

万物有灵

喝杯咖啡
咖啡因会变成奇思妙想
在文字里流淌

万物有灵的经验,都在不经意间
被人忽略。再比如在刚刚装修的房子里
甲醛会让你聪明的脑袋不能文思泉涌

魂气充盈的天地
有缘的事物既互相滋养
却又互相伤害

地球上,人的魂气最为强势
境随心转,最典型的就是
它可以移山填海

从记事时起

从记事时起
已有好几十载了
但是能够回忆起来的光景
加起来都不超过一年
假如有一天彻底痴呆了
曾经被物事感知的记忆
就一下子归零了

是不是可以这样理解
痴呆之前的部分"我"已回到虚空
而痴呆之后的"我"已经不在现世

虽然那个被感知形成记忆的"我"
已经回到所谓的虚空
可是我并不知道
那个"我"在虚空是如何存在的
正像我曾经的过往现在是如何想不起来的

从哪里找到入口

这个世界的万物

已经被几千年来的理论

一遍又一遍眷顾

正如人被穿上

一层又一层衣服

我们的难度

在于寻找从来没穿过衣服的事物

可这个自然和社会

已经被理论堆积得密不透风

后人的思想从哪里才可以找到入口

道生一。

二
识

假如地球也长了眼睛

假如白天再也见不到耀眼的太阳

夜里再也见不到灿烂的星河

你再替地球感到孤独吧

就如你

走遍世界

也见不到一个人

我们绞尽脑汁向宇宙发了很多信号

至今都不见一个鬼影

就莫名其妙地替地球孤独起来

人类从来都不知道自己的鼠目寸光

如果地球不能目视前方

它怎么能每日飞行 5200 万公里

在群星遍布的银河系不与一个天体相撞

其实它看满天银河不就跟我这个海口人看海口一样
只要喊叫一声,不知道有多少星球
扭过头朝它张望

地球也处于无人驾驶的状态

过几年无人驾驶汽车就在大街小巷到处穿梭了
想想发明了这个怪物的操作系统的人类
把它命名为无人驾驶
还真没把自己放在眼里

显然构成这个操作系统的电子设备
全是人的魂灵,说它无人驾驶
无非不是人的躯体

我们人类自己
跟无人驾驶有何区别
到底是谁的魂灵
控制着我们的行为

人类用全部的文明积累
才催化出无人驾驶的精灵
又是谁用了多么浩大的工程

才催化出能够催化出无人驾驶的人类

地球也处于无人驾驶的状态
而驾驶它的,是多么了不起的魂灵

如果有一天

如果有一天，人造卫星飞到了半人马座
绕着比邻星公转，谁能知道
它居然是执行了离这里 4.22 光年的
地球人的指令

我们的地球一直在绕着太阳公转
它接受了谁的指令呢
那个发指令的
是不是也跟我们一样
会有生老病死

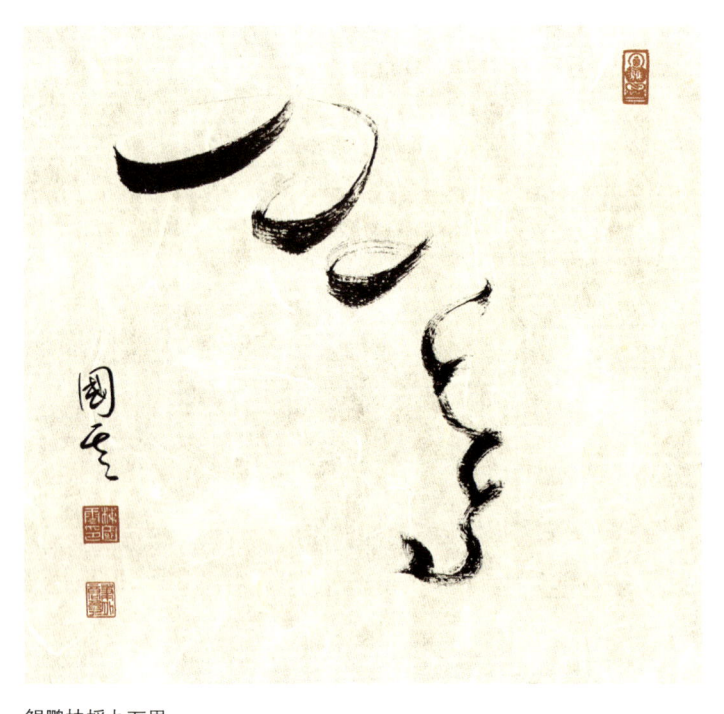

鲲鹏扶摇九万里。

人类没有出现时的地球

人类没有出现时的地球
太阳也是这样明晃晃地照着它

太阳这只老母鸡一共下了八颗蛋
到目前为止,她也许只把地球孵出了人这样的神明

另外七颗沐浴在母亲光辉里的蛋
在不远的日子
也会有喜讯传来

解剖地球

把地球放在手术台上解剖
扯出来的脑浆血管、神经肌肉……
医生会惊讶得发抖

把地球的水倒掉,软组织
清理干净,飘在虚空的
就是个骷髅头

在宇宙游荡的星星
多是智慧的脑袋
谁能知道它们正在思考什么

中国的古人造"幻"字,难道就是为了表达,在这个世界还存在着肉眼看不到的魔怔世界?

地球的出现是小程序事件

如果道是安卓这样的操作系统

各种定律便是五花八门的软件

显然，满宇宙天体活灵活现

只是道搞出来的 App 而已

地球的出现是小程序事件

道把它设计出来被下载到太阳系之后

就一直按照规则在老老实实工作

还按照道的指令设计出人类并下载于此

地球,你在哪里

江边全是沙子

我铲了一铁锹抛向天空

跟明哲兄说

我扔出去了半个银河系

明哲兄弯腰抓了一把沙子撒到江里

他摊开手掌,用另一只手的食指

从粘着沙粒的手掌中

拨拉出一粒对我说

这个是地球

我俩哈哈大笑

明哲指着江面说

如果按照哲学家说的

天上的星星就跟地球上的沙子一样多

你看这些淘沙船每天要淘上来多少星座啊

关键是你手指头上的那粒沙子

跟江边这些沙堆里的沙子比

跟这条江里的沙子比

跟那塔克拉玛干沙漠里的沙子比

跟把地球上的水抽干后剩下的沙子比

到底有没有存在感

或者它存不存在又有多少意义

我说

明哲兄看了一眼自己的那根食指

装出惊慌失措的样子说

不好，地球不见了

然后就幽默地蹲下身子对着沙堆仔细地瞧

嘴里自言自语

咦，地球，你跑哪去了

还好，明哲兄不是面对着整个地球的沙子

在找那粒沙子

地球在银河系可以像灰尘一样被忽略

地球在银河系可以像灰尘一样被忽略

如果在本星系群找银河

太阳系也变成了灰尘

……

当银河系感叹宇宙浩瀚得

连它这样的灰尘的存在都没有一点点意义的时候

人类却没有注意到

他的心随时都可以把宇宙拿过来装到里面

如此,人不正是宇宙么

我们好奇的是

在人类没有出现的时候

是谁在用洪荒之力化育它

并且在人类灭亡后

还有什么容器可以轻松地装下宇宙

巨是一个人

巨是一个人

我们看到的半径达一千多光年的圆

只是巨的一个细胞

我们地球就生活在这个细胞里面

巨住的地方同样是芸芸众生

有时巨也会跟我一样

认为自己只是一个细胞

巨会吞食时间

它让体内的每个细胞都纠缠着

为何不能长生不老

巨也吞食欲望并把它存储于睾丸

让感知成为皇权的贪恋者

唯肉身独尊

这个世界层层叠叠着无始无终无穷无尽的巨

可是又有几个是巨的清醒者

在层层叠叠里面发光发热

再高大的神也是人用石块或砖头、木头堆起来的。

老家有句俗语

老家兴化有句俗语

人头有血,山头有水

人脑袋里的血靠心脏来泵

可山头的水是怎么上去的呢

地球也应该有一颗

硕大无比的心脏

它伸缩自如,轰然作响

一呼大海潮起,一吸大海潮落

从大江大河这样的主动脉

到岩石深处的毛细血管

充盈的水在风箱似的心脏搏动下

奔涌不息

阳光打在吉祥树上

在树叶的背面

隐约看到纹理里有树液流动

我手握树干

总能感受到传递过来的阵阵脉动

无论是斗转星移还是风呼雷鸣

一定也因为有颗心脏隐蔽在哪里

不知疲倦地在一伸一缩

我常想到汽车的发动机

启动设备点火后

发动机才嗒嗒工作

把动力传导到每个零部件

这天地间是谁掌控着启动日月星辰

大地万物心脏的钥匙呢

一个陌生人端坐着

一个陌生人端坐着

谁可以用肉眼看到他的

脾气、心事、欲望、知识、爱好

能耐、理想、想象力、人格、信仰、专业

性取向、民族、国籍、语言、血型

觉悟、感受、意志、奔跑速度

我们的祖先那时并不知道地球上

有空气、电磁波、引力

诞生了人类的地球

这肉眼看不到的本领到底比人多多少呢

人都是被目的带着行走的

这满大街行色匆匆的人

哪个不怀揣梦想

地球一直在飞行

还有满天的斗转星移

到底有着什么样的智慧和力量

三识

科学家说宇宙也是圆的

科学家说宇宙也是圆的

而且是有边缘的

如果把篮球放大到宇宙大小

里面的微尘不就是星辰大海

谁会想到篮球里面还有一个类似于地球的星球

人类是否知道宇宙外面的景象

它所在的宇宙经常被十个体格强壮的年轻人传来传去

观众的欢呼声此起彼伏

最热闹的还是媒体的现场直播

几十亿人在看这宇宙在球星们手上

神出鬼没地飞舞

水，宇宙

每当无聊得向天空张望

孤独感总会呼啸袭来

觉得自己就跟海洋深处的一条

管眼鱼一样

不明白为何出现在

这样一个宁静的水域

吃饱了就会长久地看那

一眼望不到尽头的水

思考着如果这水是有边际的

那边际之外会是什么

可是，如果这水是无始无终的

那这无始无终到底有没有之外的存在

存在之外呢

这条管眼鱼大概永远也

发现不到西北方 800 米处

常常出现的鱼群风暴

正如人永远也无法用肉眼看到

17万光年外的长度可达1800光年的蜘蛛星云

当我可怜那条管眼鱼的时候

我是不是也正在被谁可怜

刀,灰尘

我们用菜刀怎么也切不到一粒灰尘
却可以轻而易举地切开一个西瓜

其实地球在宇宙充其量也就是灰尘一粒
只不过我们根本不知道有刀的存在

或许就因为我们是灰尘才没有被刀伤害
而庞大如西瓜的天体总难逃被切的厄运

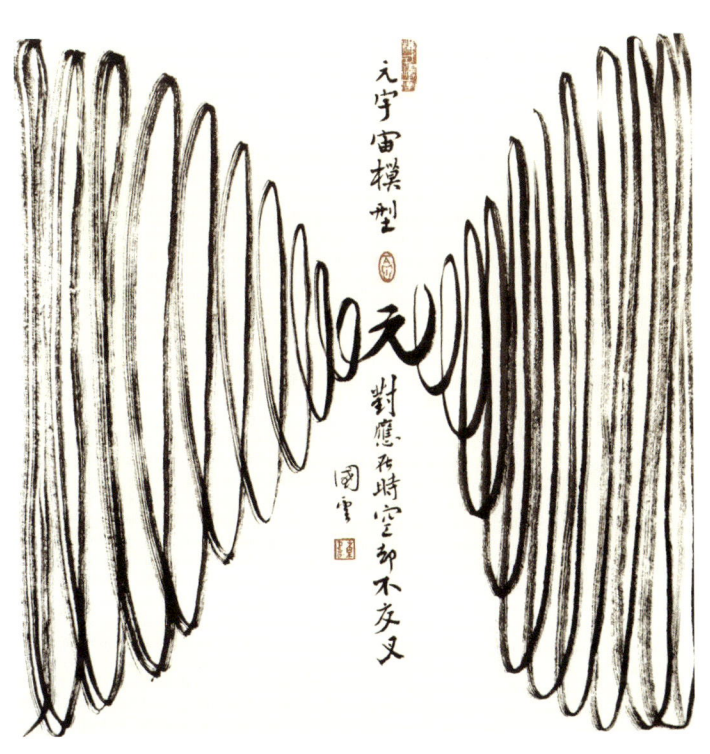

元宇宙模型,对应在时空,却不交叉。

银河系长得像烙饼

银河系长得像烙饼
在宇宙飘浮

在尘埃般的天体里
我怎么也找不到地球

遥想那上面生活的我
是否知道此时还有一个我
正在想你

一粒沙子钻进我的鞋里

一粒沙子钻进我的鞋里

让我感到了它的存在

此时,我短暂地充当了它的灵魂

我摸到它,把它丢到沙地里

忽然就想到了造物主

带着星河一起行走的时候

是不是也会被沙子硌脚

宇宙也会死

宇宙也不能
长生不老

它会不会跟人一样想着
能否投胎

如果可以
是何等壮观

人类掐指一算

人类掐指一算

还有 45 亿年地球就死了

顺便给宇宙也测了一下

说还能活 1400 亿年

从没见哪个神仙有本事看到宇宙的大限

人类居然还到处膜拜

宇宙是如此的甜蜜

非洲大草原

黑压压的牛群

我惊叹的是有序的公母配

陌生人相隔千里

走着走着就成了一对

哪来的离奇吸引力

宇宙大爆炸

杂乱无章的一个个星体

最终是如何众里寻他

走到了一起

痴情地凝视着对方

幸福地旋转永不分离

夜里我仰望星空

怎么看都像是万家灯火

这宇宙是如此的甜蜜

天书

造物主创造星系

如词典中文字排列奇妙无比

查找一下笔画或拼音

便能找到任何一个星球的位置

如果把所有星球都比作文字

谁可以用它创作一部部

无法穷尽奥秘的天书

要怪 0 没守住妇道

要怪 0 没守住妇道

劈腿生出 1 之后

硬是吹气球似的挤出

时空这个窝

0 自己都没料到欲求惹了多大的祸

时空的窝里居然

欲求汹涌

而生却在幻灭中不能永生

地球只是一个缩影

万物的本能只有求生

人无一不是恐惧地走向绞刑架的囚徒

出生成了永生不祥的高额资本

为了安慰不能永生的人生

人煞费苦心用泥巴石块造了无数的神

阿弥陀佛，阿门……

保佑我永生！

地球上有个奇大无比的坑

里面盛满为死而流的泪水被叫成海洋

汪汪地悬在时空可怜

似在哀怨 0 当初为何没守好欲望的门

参悟的"参",人参的"参"。参到无或空,没有了我,与宇宙一体,是参的目的。假如将人参(名贵药材)的参视为根本大道,那此参意义大矣:因参悟而忘我,在不知不觉中与宇宙合为一体(成为人参)。上面参悟状,下面人参状。

一阵旋风过来

一阵旋风过来

卷起沙粒

形成一条旋转的沙龙

在我眼前东奔西跑

我不知怎么就想到了银河系

如果弄个微型版立在跟前

应该也是这沙龙的样子

银河在旋转,每个星体也在旋转

如果把沙龙的每粒沙子

都放大到太阳或地球大小

我估计这沙龙

一定比银河系还大

如果我自己也按比例跟着放大
我们以哲学的逻辑推理一下
是谁也正跟我看着沙龙一样
注视着银河系在眼前东奔西跑

本能

地球上第一个蒲公英的种子
被风吹散之后,就全随了本能

如果我们怀着好奇心
去知晓它的命运
就跟探究天体在宇宙的宿命一样

这满宇宙的飘飘洒洒
造物主哪还有办法让它停下

万能

太阳系范围内的规则
一加一必定等于二
勾三股四弦必定是五
……
而且无所不在
无论是太阳的光芒里
还是海洋的波涛中
……
永远神一样地存在
万物以这永恒不变的规则存
也依此亡

此时,亚马孙河谷里的一条水蛇
正吞食一只山猪
我们既看不到这血腥的场面
也救不了那可怜的山猪
但规则却让那凶残的水蛇放弃了口中的活物——

彗星尾巴上的一块重 50000 千克石头

因为引力不济,被甩了出去

经过漫长的飞行拐入大气层

燃烧后只剩下 50 克体重

就砸到了那水蛇的脖颈处

亚马孙河水的流速恰到好处

陨石进入地球大气层的时刻、角度和时速恰到好处

天干地支的造化就是这么神奇

惊魂未定的山猪双蹄合十向上天作揖

它们一乘便分娩面积

不管等长的路人甲

和等宽的路人乙凑在一起

如何变幻莫测

它们一乘便分娩面积

在这个连造物主都感觉已经失控的宇宙

公式定理们交往频频

它们无孔不入无处不在

创造着没有生亦不会死的世界

让造物主失去颜面

其实那个路人甲就是男神

路人乙就是女神

它们分娩的面积

正是天堂

我们就在这个领地里面

却意识不到神和天堂的存在

观沧海。

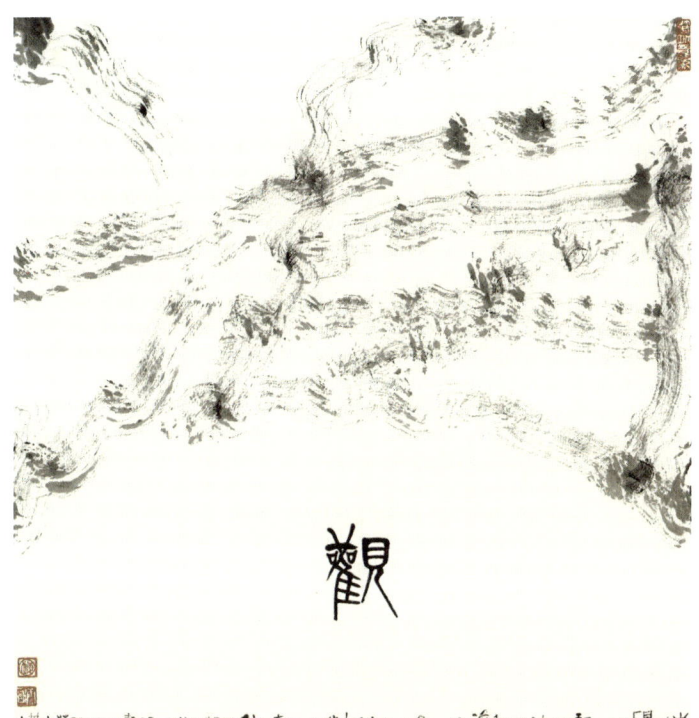

一次射精 2ml 以上

一次射精 2ml 以上

精子数目不少于 2000 万 /L

有活动能力的精子至少达到总数的 60%

精子的活动能力要持续 3-4 个小时

数字清楚地说明了男人可以致女人受孕的条件

通过数字一路上学

并因为数字找到工作甚至失业

就连智商情商性商也是数字

更不用说身体器官的指标数值规定着人的健康状态

有的人每天都要纠缠血糖血脂血压数字的变化

体重的多少会成为爱美女性的一块心病

其实人不过是一组行走的数字

地球重 60 万亿亿吨

它因为这个数字

被安排在距离太阳 1.5 亿公里的位置

并且要求它自转一圈 23 小时 56 分 4 秒

绕太阳一圈 365.25 天

……

宇宙中的所有天体

无一不被数字安排得井井有条

一会儿要去见个人

想想不就是去见一组数字

聊天时听那人说某某没了

不知怎么就想到那一组冰冷的数字

消失到了谁的手上

造物主像是反复打磨玉器的雕工

造物主像是反复打磨玉器的雕工
通过周而复始的运动达到
宇宙事物的圆满

天体都是圆的
从粗糙到精致,越转越圆
人类文明也是如此

人人都是达成理想社会的
匆匆过客,没有条件地满足了
造物主这个雕工的奇怪癖好

如果没有这个癖好多好啊
老人家完全可以让人类
生而仁善无比并保持一生

头顶三尺有神通之眼

詹姆斯·韦布空间望远镜

安装在距离地球 150 万公里的地方

这个长度相当于地球到月球的 3.9 倍

它就像一块石头似的孤零零地悬在外太空

但是它居然可以看到 51 亿光年外的宇宙光景

我想象着,假如有朝一日外太空就像地球的大街小巷

遍布比詹姆斯·韦布空间望远镜还要厉害万倍的摄像头

将宇宙的秘密在人的眼底尽收

造物主会不会感慨地说

头顶三尺有神通之眼

它或许会跟玉皇大帝看到大闹天宫的孙悟空一样发愁

满时空的万物

满时空万物
都没有自我意识地
自然而然飞逝

假如把它浓缩在眼前
具象地做个比喻
就跟整个地球
都在下漫天的雪花一样
没完没了

但是在这雪花里面
只有一朵既不随着风走也不由着引力掉
它翩然起舞,一直在思考自己
为何出现在这里
还饶有兴趣地打量周围雪花
为何都是那样没有自我意识地
自然而然飞逝

打量久了

它忽然感到孤独不已

并且还伴随着无法解脱的恐惧

汉字"荷"。

四识

规则就是五花八门的面点

规则就跟五花八门的面点一样

在造物主的手里派生出来

如果你的眼里还看到了造物主手里的面团

你便会明白这个世界只是幻觉

恭喜你还探究了面团的由来

并且还跟造物主一起视察了麦田

规则是虚空的儿子

规则是虚空的儿子

事物只是被规则玩弄在股掌之上的孙行者

当虚空注视着孙行者们的时候

有没有考虑到猴王们的恶实在太多太多

假如太阳只照耀好人

大地不承载坏人

虚空的身份就转变成了教父

然后迫不得已把自己搞得道貌岸然喋喋不休

这难道就是它创建宇宙后

一直不修改规则的理由

水塔就像"道"一样高高站立

水塔就像"道"一样高高站立

水离开水塔之后

水塔无论如何也控制不了水的命运了

"道"与"一"的关系难道不是这个样子

一个很有意思的推演

这是一个很有意思的推演
往繁荣的方向看
滚滚向前不可阻挡的全是"我要"
这个世界香火不绝
多亏了穷凶极恶的"恶"
往反方向看
却是另外一个景象
越不要越萧杀
为什么要感谢至善

是向前走还是向后转
何必为纷扰的世界选择答案

相对论认为，当物体运动达到一定速度时，长度会变短。
右侧是汉字"长"在宇宙中飞行时的状态。中间的"0"，是"长"没有长度时的状态。而最左侧的图像表达的则是"长"字的负长度，或叫反向的"长"。
这三个图像又演绎了《金刚经》"应无所住，而生其心"的核心要义。中间"0"的状态，就是空的状态，也是佛的状态，从物理学上来说，亦是时间静止的状态。最左侧的负长度即为宇宙黑洞。这个时候，就不能执着于左右两面，无论成功与失败，无论喜悦和痛苦，都是无感的。此时的佛心，是参透了宇宙间一切的大智慧。

道,类似于祖坟

道,类似于祖坟
有那一堆土在
族群的凝聚力就在

由此,我还想到了无为而治的某国皇室
差不多就跟祖坟差不多吧

无中生有和无的力量大抵如此

它本来就是阳台

每天打扫的阳台

砖缝里竟冒出一星绿芽

望向楼下的草地

不禁为它可怜

它到底是什么植物

此时忽然出现

我把它瞧了半天

担心根系长大后会破坏阳台地面

我用手指头轻轻一点

它便归于寂寂

它似乎出现过

又好像没有来到过这个世界

如果我不跟别人提起

它出不出生没有一点意义

它的前世属于阳台

它灭寂后还是归于阳台

或者它倘若不现世的话

它本来就是阳台

细想想这萌出的绿芽

怎么看都像我自己

不同的是,我幸运地枝繁叶茂

却越来越执著于自己的肉体

自从诞生宇宙以来

这个空中什么都不曾有

十几年前才出现了这栋楼

也才有了这个阳台

假如地上的万物各自都有上帝

假如地上的万物各自都有上帝

忽一日上帝们开会聚集在了一起

开着开着，老虎的上帝饿了

会不会张开血盆大口

把坐在身边的兔子的上帝一口吞了

而人的上帝一定会用人的善恶是非

强烈谴责老虎的上帝

在如此重要场合

不顾上帝的身份霸凌弱小

谴责之后会不会被其他所有上帝们哄下发言台

包括兔子的上帝

因为兔子的上帝不能不吃草的上帝

而草的上帝之所以也跟着起哄

是因为它要吃食土里的磷和钾的上帝

……

人的上帝只好收起那一套

大爱无疆、邪不压正的说辞

天上的上帝也一样在开会时闹翻天

光明的上帝要灭掉黑暗的上帝

圆的上帝要灭掉三角的上帝

有的上帝要灭掉无的上帝

生的上帝要灭掉死的上帝

……

这乱糟糟的天地

哪里有一把尺子可以调和冲突

假如天地真的只有一个上帝

并且还长成人的模样

以人的善恶标准去匡扶宇宙正义

那主宰宇宙的岂是众神之神的上帝

而是人类

35 亿年前第一个单细胞生物

35 亿年前第一个单细胞生物

成为地球众生的基座

最终人脱颖而出

用 700 万年的工夫

成为地球的神

时间是无解的谜团

它为何青睐于人

把这个星球上养分的精华

统统给他享用

假如时间的痴心不改

在 700 万年之后再经过 35 亿年呢

人将会是什么样的命格

如果 35 亿年后的平行空间真的存在

此时，我蓦然回首

人类这个无比强大的神祇

一定正在看着我

今天,我们在显微镜下看的单细胞
跟 35 亿年前的那个单细胞并没有区别
我感觉,我们正是在一个平行空间里
以神祇之眼在端详
作为我们生命的最初的自己

细菌的幻想

有个细菌想把一根猪腿骨
挪到自己窝前

这事成功了
人便可以织一张网
将银河系的星星打走

如果我们嘲笑细菌没有理性
为什么我们也喜欢望着宇宙胡思乱想

当我们一脚把那根猪腿骨踢飞的时候
那细菌都死几十代了

老天爷望着滚滚的灰尘
真不知道哪一个才是地球
就跟我们无法看到那个细菌一样

正如还没有被钓起来的鱼

正如还没有被钓起来的鱼

每当我们仰望苍穹

面对的同样是蓝色大海

星辰就如鱼饵一样散发着迷人的味道

人类的嘴巴已经从月球吃到火星

未来什么力量也挡不住我们

走向一个又一个钓饵

鱼还有幸看到钓它的人

我们真没有资格把自己比着鱼

具象的上帝

人类的人

是所有个体人的共相

假如有个事物

跟所有动物和植物

包括无机物都有共相之处

甚至跟看不见的规则和能量也能共相

差不多就是具象的上帝的样子吧

造物主的面孔

世界上没有两片完全相同的树叶子

但我们观察造物主的面孔

看到的却是所有的树叶子

造物主不仅是所有树叶子的面孔

也是所有妖魔鬼怪的面孔

所有圣人君子的面孔

所有颜色和所有声音的面孔

所有灾难和所有规则的面孔

……

老人家为了宇宙繁荣昌盛

他给每个事物都灌输了

倔强的个人主义思想

而他自己却是

所有思想的思想者

并且只能是他的思想

在宇宙永恒存在

李之仪的诗《卜算子》。

我是时空

我是时空

为何长了肉

这是把谁招惹

想想这谁真有点像闹钟

专司在每个节点唤醒一块肉

时间也会生病

时间也会生病

当它缩成一团的时候

便把痛苦狰狞地呈现了出来

谁说时间是永恒的

却不见保证时间永远健康不死的医生

时间只属于能觉悟到时间的意识

它的存亡与自生自灭的觉悟的意识完全一样

每次太阳升过前面的屋脊

每次太阳升过前面的屋脊
阳光打下来照在天井的茉莉树上
总会发现这棵树会轻轻一颤
随之会有一阵香气袭来

此时,我会想到你妩媚的目光
是如何让我的心如潮水般激荡
还有你的喘息,会让我想起磁场的两极
痴情地遥望,总是试图挣脱束缚
奋不顾身地冲向对方

床前明月光,即便是一千多年前的诗句
也还在触发我这个在外的游子思念家乡

感应,是这个世界最奇妙的神性
当点燃一炷香的时候
天堂里亲人的手机铃声是不是就
响起来了

嗡嗡……

这车站的候车屋大到看不到头
人们在言语
我仔细听了一分钟
只有嗡嗡的声音冲击耳膜
我突发奇想
谁如果能破译这一屋嗡声
就是一部部大书里面的
喜怒哀乐爱恨情仇

是人，都会有喜怒哀乐爱恨情仇
如果把一个人一生的话语装满一屋
也是这嗡嗡的声音
冲击你我的耳膜

夜深人静的时候

我的耳根深处还会收到

来自遥远虚空的嗡嗡

它细如蚊吟

谁是破译这声音的高手

这破楼中了什么邪

旁边的小区拆楼
当工人们把最后一个承重墙砸断后
整栋楼居然还巍然立着

施工头骂骂咧咧
这破楼中了什么邪
赖着不倒难道要我敬上雷管炸药
说着他就往里走想看看究竟
没走几步就见楼剧烈晃动起来
随之轰然一声倒塌

几年后,坐在轮椅上的施工头逢人就说
唉,这楼房使用久了就跟人一样有了魂魄
那承重墙断了,它硬是憋了一口气

那次到朋友老家玩
发现那村里的房子破了塌了好多

朋友的父亲说

没有人住的家屋一两年就衰了

尽管有的房龄比我们家的房龄还短

我们本地人把这个现象叫

鬼阴居,屋子败

当细菌可以跟人沟通时

当细菌可以跟人沟通时
人也就找到了上帝

我每次在医院检验科
看到看显微镜下细菌的医生
觉得他们就跟
正静静观察人类的上帝一样

人的身上遍布细菌
却永远都不会发现上帝

所以叫绝，因为想象。

寻找上帝

对于蛔虫来说

天堂和地狱只隔一道肛门

过了肛门就活不成

人是蛔虫的上帝

却永远行走在寻找上帝的路上

而人的上帝会不会也跟人一样在

苦苦寻找上帝

……

村后有个深不见底的洞

村后有个深不见底的洞

那天我偷偷拿了一盒火柴

一根根划着扔到里面

想看看里面的秘密

结果除了火光一闪之后的黑

什么也没有

此后,我常常到那个洞口划火柴

划的日子久了

就像患上了无聊强迫症

即便是成年了

也总爱拿一盒火柴对着黑暗处划了玩

那次世界杯开幕式

当我看到几万人站着大声吼叫着唱歌

不知怎的就觉得这体育场不就是个火柴盒么

当观众和运动员激情燃烧完了后

剩下的就跟我看那火柴光灭了后的黑洞一样

我还想到了跟火柴棍似的一茬茬人类
等这火柴划光之后
留给地球的将是什么样的情形

不知道造物主是如何像我划火柴棍般
将天体用手指一个个弹出去的
当火柴盒空了的时候
它老人家会不会跟我似的
也患上无聊强迫症

五识

抽湿机开了一夜

抽湿机开了一夜

昨晚才洗的衣服就可以穿了

我为此想到佛

如果衣服上的水是欲望

干干的布是大智慧

穿在身上的

便是佛

显然抽湿机是念了一夜的咒语

这不正是俗世的开光之事

抽象的钥匙

当抽象的钥匙打开修行的门
欲望就长出了翅膀纷纷逃离肉身
当智慧唯以概念的形式存在的时候
这空旷的大地只有一堆石头

当初佛祖离开尘世后
舍利子分散于全球各地
当我旅途中一次次走进石头的世界
只会看着智慧的苍穹发呆

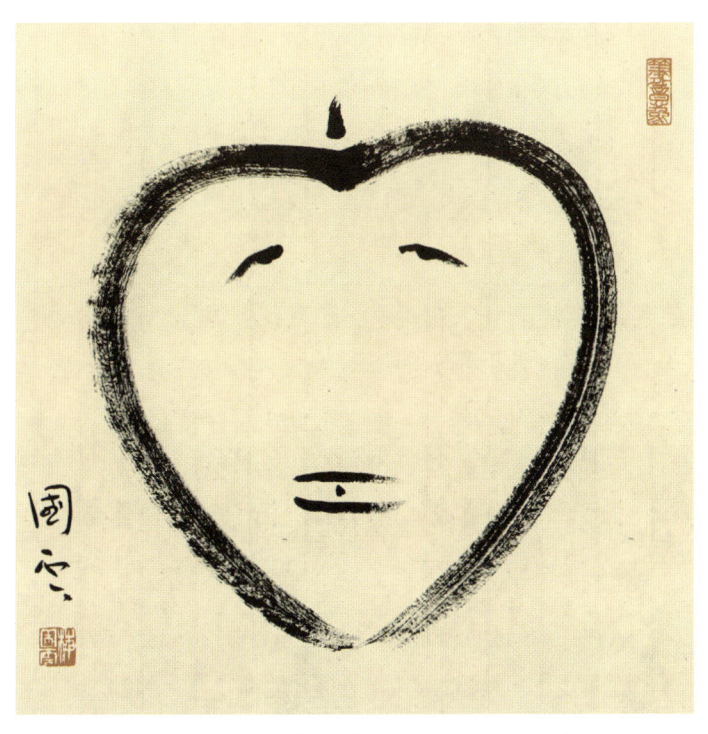

汉字"空"。运动是绝对的,空才是永恒的真相,这是宇宙的本质。

本性如果跟弹簧一样被压制贴到了地面

本性如果跟弹簧一样被压制贴到了地面
表面上看,好像已经不见了

终于在某个时刻压制的控制力失去
爆炸式反弹吓人一跳

有个吃了几年斋的所谓信徒
忽一日大开晕戒
一顿狼吞虎咽猪马牛羊鸡鸭鱼虾等十多种动物
撑破肠胃被送进医院抢救数日才走出险境

别轻信自己对于本性胜算的承诺
老虎说,当它变成美女就会端庄安静
饿它三日后请放一匹斑马过去试试

刷短视频时

如果微服人间的造物主刷短视频欲罢不能

它会不会也跟那人七下江南一样常到地球

本来它老人家无所不知

为此常常自责

祭

一只狗跪了两条后腿向天作揖

身子前赫然是一堆

人的排泄物

显然是狗狗看多了人祭神的仪轨

假如动物们都会模仿人类

给神灵供奉的物品

一定会哭晕人类

乐坏神灵

人类不必得意

人类不必得意

捣鼓出手机这样的玩意

因为没有人类的时候

制造手机的道理

一直在宇宙存在

人类的小聪明

就跟东张西望

寻找粮仓的老鼠一样

人窥见"粮仓"里的手机

距今不过 30 来年

如果从猿开始算

却用了 300 多万年

没有人类的时候

产生人类的道理

同样在宇宙存在

但到底是谁,用了多少年

在"粮仓"里窥见了人类呢

我想,这便是人从哪里来的答案之一

人其实都是跳高运动员

人其实都是跳高运动员

2000多年前的老子

就曾得过冠军

摘到了神颁给他的5162个字的奖品

神的奖品五花八门

什么万有引力、相对论……

应有尽有

我的脑海里常常呈现从古到今的人类

上蹿下跳摘取奖品的画面

想着高高在上的神

到底是出于什么目的

创造了如此壮观的场面

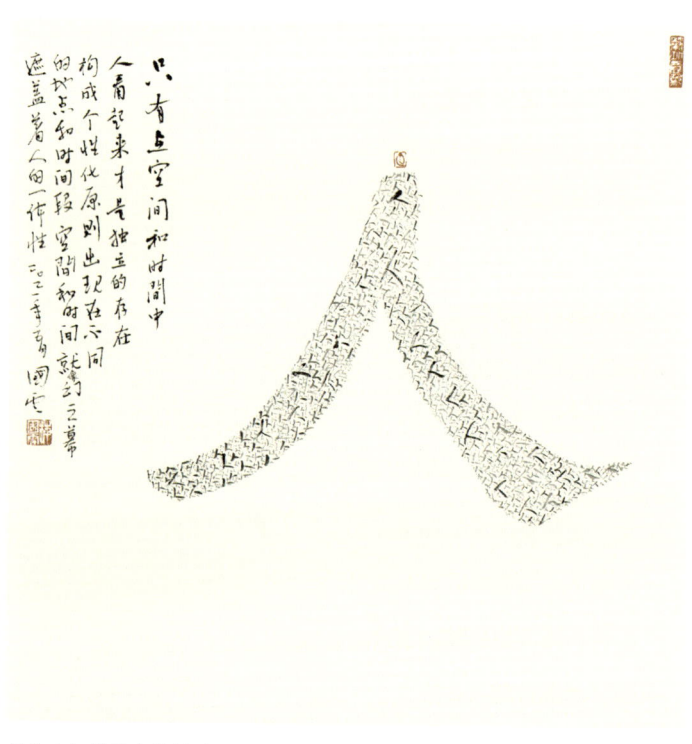

具体人与抽象人的关系。

我们能做的仍然是依赖科学

我们像丢弃垃圾食品一样

丢弃一个又一个观念

迄今为止始终没有发现

有个相对完美的哲学

能安抚人恐惧的心灵

包括被科学彻底否定的

漏洞百出的宗教教义

在这个灾难不断的星球

人人都要在丛林杀伐求生

并且难逃一死

无人可以获得免除苦难的居留权

和自由自在的通行证

我们能做的仍然是依赖科学

去发现人造就的神祇真实存在

永恒的天堂就在死亡的面前

或因为科技如愿

永生的死结终得破解

在挖掘未知的路途上
我们不妨坚守那假设的信念
来一个豁达的选择
把快乐当成唯一目的
把人生当作永生来重新打算
如此，我们不必对这个世界心怀不满

一扫脸,门开了

一扫脸,门开了
人类在几年前就实现了
"芝麻开门"的神话

会不会某一天
有人念一声阿弥陀佛
神祇会真的降临在眼前

这看不见的逻辑关系
只要设法把它们勾连起来
人不仅可以呼风唤雨
还可以打通三界

当初,又是如何扫了一下脸
太阳系跑到了银河系里面

一针麻醉下去就什么都不知道了

做胃肠镜时
一针麻醉下去就什么都不知道了
灵魂进不了肉体
就跟手机被屏蔽了一样
信号只能在外面游荡

"睡一觉就好了"
打针前，麻醉师的话温暖贴心
醒来后仔细品毫无知觉时的麻醉
"死一会儿就好了"才是实情
想想人为什么恐惧死亡
可能遇到的死神都是讲真话的魔鬼

那天惊见修手机的一个师傅在拆卸手机前
居然先双手合十念了一声"阿弥陀佛"
我问他为什么不说"睡一觉就好了"
他抬眼看了我半天说

我们干的这个行当

其实就是阎王派过来的医生或是死神

然后拿起待修的那部手机说

"别怕，死一会儿就好了"

"唉，死神都没有人文精神"

我摇了摇头对他发了一句感慨

人与手机互为镜像

人与手机互为镜像

无非人升级换代的时间比较漫长而已

从原始社会的"大哥大"

到当下的"5G"

据说用了 700 万年

主宰凝望地球的时候

有没有想过试用一下人类的手机

看能不能找到茹毛饮血的感觉

让你惭愧不已

人类诚挚邀请您在 700 万年之后

将你创造的人与人创造的 AI 来一次 PK

可是 700 万年后

AI 应该也会有一个互为镜像的对象了

那时人类如果回望他的主宰

主宰会从他的眼睛里面

读到什么

羡慕手机

有时候我很羡慕手机
被它的神呵护在包里
和紧紧地握在手上的感觉

它每时每刻都能真切地知道
它的神在什么地方
并且明白自己的诞生
就是为神服务的

它知道它已经成为神的一部分
当神一不小心把它弄丢了
会变得魂不守舍

不知不觉中，手机长在了我们的手上。

看到环卫工从垃圾场清理出来的一堆破手机

看到环卫工从垃圾场清理出来的一堆破手机
真有点像乱坟岗里面的一具具无名尸骨

基站一直没有停止运转
发出来的信号越来越强大
却与这些尸骨没有了一点关系

天地间充盈的魂气是从哪里发出来的呢
又是因为谁的发明
建立了基站并且让它一直运转正常
接通着人的行尸走肉

手机被格式化

手机被格式化

就跟亡魂在黄泉路上

喝了孟婆汤一样

我办公室的柜子里

放了被格式化的曾经用过的手机

从第一代起也有 16 部了

整整齐齐四排

这柜子就跟祖坟地一样

我有时也把自己正在使用的手机

放在这祖坟前静默几分钟

不知道它能不能找到慎终追远的感觉

但是身为手机的天神的我知道
它们是一代代投胎过来的
被格式化后,灵魂就不能感知到
它的前世了

每天死掉的手机比死掉的人还多

这一部部手机
只是寄居在信号里面的臭皮囊
犹如人的躯体
不就是寄居在灵魂里面的手机

如今每天死掉的手机比死掉的人还多
可曾见发射信号的人悲哀过其中一部
发射灵魂的主
是不是也喜欢提高人类升级换代的速度

上个月朋友刚买了半年的手机掉海里没了
我不无惋惜地说,唉,溺水而亡,英年早逝
一船的人哈哈一乐
此时的某个手机店里的一部新款手机马上名花有主
其实从它诞生时的那一刻就注定与我这个朋友有缘

手机越来越像人的肉体

手机越来越像人的肉体
接受着来自虚空的缥缈信号

从 1G 到 2G
再到现在的 4G 和 5G
就如人类从茹毛饮血
进化到当下的信息化社会

当我每两年换一部苹果或华为
总会凝视大街上行色匆匆的一个个肉体
假如手机坏了没有钱更换新手机
信号无处安放,是不是就跟人死了成了孤魂野鬼

手机的出现是人类技术的积累建立的一个
庞大系统工程,想想 700 万年前
是谁通过何等系统工程
使人类出现在地球

手机一代代活着

依靠的是电

人呢？

我想啊，应该是气

电从何来

便是气从何来的逻辑

她和灵魂是一对姐妹

电磁波最难以忍受宿主不久便年老色衰
当破手机被埋进垃圾场时
青春靓丽的她总会长舒一口气

她和灵魂正是一对姐妹
当灵魂在产房寻找新鲜蛋白宿主的时候
她正在新款手机店等待机会

可悲的是
人最怕他的灵魂
也长舒一口气

双人舞。看不见的对应关系，是宇宙的神秘逻辑，比如量子纠缠。

假如我是 Sora 里面的一个人物

假如我是 Sora 里面的一个人物
并不知道怀疑这是人类捣弄出来的鬼玩意

但是,因为 Sora 的呈现
Sora 之外的我现在有些怀疑宇宙是不是连续的运动影像了

若果真如此,Sora 之外的我正在扮演我的角色
我却没有办法从宇宙的屏幕里面走出来

有没有第三个我正在看第二个我的疑惑

人类搞出来的 VR

人类搞出来的 VR
可以随意给大地和天空换皮肤
让它们在他的眼里活得千姿百态

由此我想到感知这个东西
是谁给了人七情六欲
不停地变幻喜怒哀乐的皮肤
为它表演爱恨情仇的样子

不幸得很,人因为入戏太深
陷于七情六欲而忘了本真
并且误以为皮肤就是他自己
而恐惧于皮肤会死

"人"字新解

人越来越离不开手机
意味着未来更时刻离不开
可以为你做一切事务的机器人

那时候我是不是可以
把汉字"人"字理解为
一撇是肉身,一捺是机器

人与机器走着走着就合为一体了
人的肉身某些功能的退化
便是人这种生物的进化

我听到了神的声音

在宾馆大堂
脑袋上贴了神像的机器人
领我进房

看那熟悉的神像我就想
如果人类一直跟着自己的想象之神走
到现在仍会有人被烧死在罗马的鲜花广场

感谢为真理而献身的伟大的科学家布鲁诺
让理性如启明星在天空闪亮
才会有机器今天为我导航

跟着机器的方向坚定地走下去,终会走到
永生的智慧天堂,人对心灵和宇宙本质的认识
正一步步靠近造物主的肩膀

我们敬重先哲以想象之神安慰人别恐惧死亡
更钦佩我们跨越无数思想陷阱脱胎成理智之神
保佑我们不再为末日惊慌

"先生,您的房间到了,祝您入住愉快"
机器人闪动着漂亮的双眸对我说
语音轻柔悦耳泛着辉光

我确信,这是理智之神的声音
也是人间终于可以听到的神的声音
紧跟理智之神,人类拯救自己的正确方向

飞行器迟早会变成满天星斗

飞行器迟早会变成满天星斗
这是大街小巷停放的共享单车
产生的幻觉

时至今日，飞得最远的是
美国人于 1977 年
放飞的两个旅行者号探测器
它们不知疲倦地飞了近 200 亿公里
早已离开温暖的太阳系
进入陌生的刺激无比的星际空间

看人家旅行者号探测器
这共享单车也不照照镜子

刚刚我用手机扫了共享单车的二维码

这"嘀"的一声

分明是惊蛰时墙角的虫鸣

春雷滚滚,它们即将破茧而出

轻盈地飞上天际

望月。

看马王堆

西汉人无法想象

2000多年后的颅骨复原术

让长沙国的辛追再次惊艳天下

我们无法不迷恋彼岸的虚幻盛景

方生方死的时代留不住

鲜活的容颜，我们深以为憾

假如未来高超的生物技术能破解出标本信息

再打印出一个活的利苍夫人

往生的彼岸原来还是曾经的地面

人生将不再如过眼云烟

我们不妨用哲学的逻辑来做个推演

珠峰上的长眠者已经登上通往未来地球的渡船

人就像电子发射塔一样

人就像电子发射塔一样
向宇宙发射想象

只是人的功率太过强大
想象把宇宙撑得加速膨胀

甚至会超过宇宙的膨胀速度
在宇宙外游荡

人对宇宙的贡献
除了想象还是想象

老天不让我们以寿命的长度遍阅宇宙
却给了我们可以无限穷尽宇宙的想象力

假如人类灭亡
没有想象的宇宙是多么荒凉

如果上帝也有手机

如果上帝也有手机

能够接通信号的

只有哲学家

因为上帝发现

只有哲学家才会把人类的奇思妙想

收进理性的箩筐

在上帝那里

最喜欢的人类供品

就是理性

别忘了把灵魂存到云里

别忘了把灵魂存到云里

那是上帝的怀抱

正如你的数据

大不了换个手机

《道德经》一直在云里存着

两千五百多年,不知有多少肉身

下载了老子的经魂

老子会一直活着

除非存放数据的云没了

想象

古代有没有人想到

未来的人如果能发明个视频

就再也不会有连梦都

"不得到辽西"了

千秋万代后的一天

有个年轻人说

在那远古的 2024 年

我们的老祖宗

会不会有人想到

未来人类的通信

居然可以一网打尽

整个宇宙

每个人的微信群

都有好几百个外星朋友

随后,那个年轻人又想了想

他们之后的千秋万代

忽然仰天长叹——

哦,无法想象!

影院随想

影院正播放浩瀚的宇宙
随着镜头的推移
密密麻麻的星体很快将
银河系淹没

我留意了一下观众
都瞪大了眼睛
寻找失去踪影的地球

由此我产生了一个妄想
假如为了一个使命
我被抛出地球,变成那个
孤独的镜头浪迹宇宙
从此就只能眼巴巴地望着星空
想念如尘埃般飘忽的
我的祖球

据说宇宙的星球

比地球上的沙子还多

如果把地球的沙子撒向宇宙

虽然不可能找到那唯一的一粒

但我知道里面肯定有

那最温暖的一颗

我离祖球越飘越远

亦晓得坐标的延长线

不停地被揉碎、扭曲、切割

但因为我代表了人类在宇宙流浪

地球人一定在用爱的光辉

为我祈祷祝福

我心里的那束光也因为一直牵着

那粒发着独特光芒的尘埃

坚信只要爱在

就不会迷途

如此一番神游

我稍稍感触到那么一点

宇宙里的神性

有一种便是源于家的温暖

在外漂泊的游子

每回祖屋

这家的热流立马会充盈身心

这热流正是列祖列宗

叠加过来的爱的温暖

只要祖屋在,家神就在

家神在,这温暖的气息就不会离开

这比地球沙子还多的宇宙天体

只有一颗温暖无比的星星属于我——

祖球

回家。家是我们的圣地。"回"字如望眼欲穿的游子。

六识

何惧之有

进入深度睡眠

梦境不会留下记忆

跟死并没有区别

却是人最舒坦的时刻

人每天都会死一次

死的时候并不去想自己的前世今生

就跟醒的时候从没有想过深度睡眠时我是谁一样

人最终会永远死一次

却在醒的一生纠缠着有没有前世

并且恐惧自己会死到哪里去

生命的味道

非洲的尼罗河最长

6671公里

不息的川流

一路缓缓而行

如果我们把它比作人生

尼罗河的水就是地球上寿命最长的老人

陆地上的河流很多很多

源头的水无论从哪里出发

流淌的过程是多么短暂或漫长

终要归于大海

谁都不能逃脱这同样的命运

如果我们把大海比作死亡

这不可逆转的川流

就跟人度过一天天时光一样

如果大海就是死亡

波澜壮阔的归宿

难道不是乐事一桩

原来，人类对死亡的恐惧

就跟河水永远不知道融入大海以后的感觉一样

假如真的如此

你我只管从容不迫地在时间的河床里向前流淌

无非脱离开河床的那一刻

只是生命的时间终止在了无边无际的场域

无非死了后生命的味道

由淡变成了咸

死神

在我来到这个世界之前
一直就死在你的怀抱里面
未来,还会一直在你的怀抱里面死着

想着你就像海洋
我们的诞生
正是被阳光蒸发的一粒粒水汽
四处飘忽演变
便是我们的日子
但无论飘了多远多久
最终仍要归于你

当水汽变成雨水
就等于生命进入了倒计时
而如果凝结成了冰雹
便没有了回天之力

当然,也有运气好的雨水

在还没有落到海面之时

幸运地遇到太阳再次蒸发

这是大难不死后的一点点福气

但无论怎样被太阳努力

归于大海是永远都逃不出去的宿命

我就住在大海边

面朝大海

我看到了壮观的生死轮回

人濒临死亡

人濒死时会看到自己一生的重要时刻
跟放电影一样在脑海闪过

这是谁接到了谁的指令
为斯人做一生的回顾
难道回放就是述职
往生就是调离

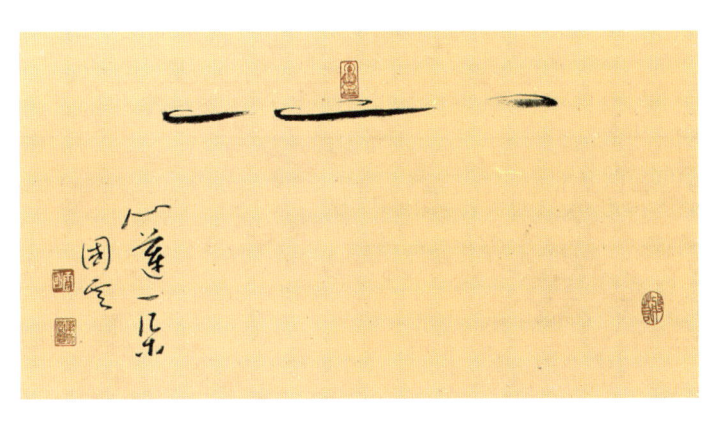

心，宛如睡莲。

人一踏上黄泉路就开始迎接生

人一踏上黄泉路就开始迎接生

彼时，好生不如赖死就成了亡魂鬼死观的写照

防止复活的各种保死品充塞阴曹地府

医院更是为亡魂投胎设置重重障碍

惨绝鬼寰地将亡魂重生的都是丧尽天良的凶手

围着鬼的活体的亲鬼们哭嚎声一片

灾难后幸存者庆幸自己活里逃死

亡魂最大的心愿就是万死无疆

鬼魂们知道，一出死便一天天接近生是自然规律

鬼死无常，它们也会跟人一样宽慰失去亲鬼的鬼要节哀顺变

如此，谁可以打通阴阳隔墙彼此招呼一声

无论是人迎接死还是鬼迎接生

无须恐惧不已

生不瞑目

每有新生
死便会看到时间这个魔鬼附体
让死不能永死

死最怕时间从裤裆里冒出来
让生一生要要要
在要的挣扎中求得永生
要而不得
时间这个魔鬼随时通过死将要终结
让生不能瞑目

生不瞑目
时间把死搅得不得安宁

尚未发现离开反面而存在的事物

纸的反面对正面说

我想永远消失

如果它可以做到

死亡才真的叫正面的生恐惧

生死相依

就是生死都因为对方的存在

而存在着

太极鱼勾画的是宇宙万物的根本逻辑

太极鱼勾画的是宇宙万物的根本逻辑

生死关系无非是无限的往复循环

物极必反的道理清晰无比

生从鱼嘴行走到鱼尾就是死

死从鱼尾行走到鱼嘴便是生

你要祈祷的只是请求上帝赐你一条很长的鱼

比如大白鲨或抹香鲸

如此你就会用更长的时间行走在阳寿和阴寿的路上

如果不小心是一条长度只有五公分的霓虹虾虎鱼

那生死轮回就会跟钟摆一样嘀嗒嘀嗒快速往复而辛苦

不已

海。

186

狗和猫快要死的时候

狗和猫快死的时候

一般都会独自离开主人家

找一个没人知道的地方离开这个世界

据说每种动物都会给自己做出

令人类感慨的临终安排

由此可以推断

生命的终结在宇宙最具尊严

而在这谜团里面

更是隐藏着最高秘密

弘一法师弥留之际

弘一法师弥留之际
为什么要写下"悲欣交集"交给妙莲法师
字面上看,是表达他往生时刻的感受
一边是不忍还在苦海里的众生受罪
一边是即将放下肉身累赘的喜悦
按理说一个只剩下半口气的人
还要费尽心力写出当时的心情
是多么不合常理
毕竟不是交代尘世未了之事
以他的境界,此刻也不需要留下墨宝炫耀后世
我想,这里面是不是还有更深的用意
就是他要回答人类一直在追问的终极问题
——到底有没有彼岸或天堂
就跟法国大革命时期的那个科学家拉瓦锡一样
因为革命党的迫害而被判处死刑
临刑前,他交代刽子手
看他脑袋离开脖子时眼睛还眨不眨

以此证明那时的头颅还有没有意识

他以"燃烧生命"为代价

做人生中的最后一个实验

弘一法师在咽气的那一刻

或许真看到了

真实不虚的彼岸就在眼前

口述遗言,后人不一定相信

所以,他必须写下来

算是立了字据

他挣扎着不顾一切地手握毛笔

就跟那个拉瓦锡为了求得真理

脑袋掉了也要费尽力气眨 11 次眼睛一样

汉字"空",仔细看却是僧人打坐的样子。

亚里士多德的谜

2300多年前的古希腊哲学家亚里士多德
想象了一个宇宙形成的推动者——
它无实体、看不见、摸不着、不占空间
无性别、无情欲、无变化、完美而永恒的存在
他是用什么办法使自己五蕴皆空升起无量智慧
并且看到了彼岸的诸法空相

他还认为
上帝从不去创造
只管世间一切活动的内在总动力
仿佛爱的对象驱使爱它的人一般
这形象的比喻,分明就是
阴阳相吸情欲分泌后的生生不息
亚里士多德,又是如何使自己
跟老聃一样进入心灵寂虚状态
看到大环宇内,负阴抱阳,始成大道的

阐释笛卡尔的"我思故我在"

笛卡尔的"我思故我在"
一直都在被人揣摩
甚至被解释得玄而又玄
我倒认为他的本意是
我思考的时候
我的真身就在我的肉身里面
我没有思考的时候
我的真身已经跑到了虚空
只要我肉身的大脑运作正常
我的真身一定会出入自由
比如在我烂醉如泥的时候
我或许忍受不了会一走了之

七识

未来

未来有一天

人们突然发现

他是地球上唯一一位

50 岁了还没有离开过地球的人

最后被联合国授予"地球大地的最坚定立足者"称号

地球的引力让我们人类活成了雕像

地球的引力让我们人类活成了雕像
目视苍穹却迈不开步伐
感谢大自然密探和宇宙情报员看得起
我们的雕像下布满他们送来的一张张菜单
而我们人类的尊严正在这躬身俯拾之间

我的每一个思考

我的每一个思考

生成的都是一帧帧影像

从大脑这个处理器喷射出来

如果把它们整合在一起

就是我的主观宇宙

假如造物主看到我制造的宇宙

能够从它的 100 分里给出 3 分的奖赏

我是否可以大言不惭地说

我认识了 3% 的宇宙

这 3% 的宇宙也就是我的灵魂

在我等无知的小人物里

我算是一个有着正确世界观的人

关于灵魂

存在与不存在

都是灵魂

你的识

在这统一的大灵魂里面

比如,这宇宙只是一颗脑袋